GUÍA DE LECTURA

Escrita por Raphaëlle O'Brien
Traducida por Tamara Montes Blanco

El perro canelo

de Georges Simenon

Entiende fácilmente la literatura con

ResumenExpress.com

GEORGES SIMENON

ESCRITOR BELGA

- **Nacido en 1903 en Lieja (Bélgica)**
- **Fallecido en 1989 en Lausana (Suiza)**
- **Algunas de sus obras:**
    - *El perro canelo* (1931), novela
    - *El alcalde de Furnes* (1939), novela
    - *Pedigrí* (1948), novela autobiográfica

Georges Simenon (1903-1989), escritor belga extremadamente prolífico, comienza su carrera periodística antes de lanzarse a la escritura de novelas (más de 190) y de relatos, publicados bajo su nombre o bajo un pseudónimo. En sus comienzos, Colette le habría dado el siguiente consejo: «Escriba historias sencillas, sobre todo nada de literatura». Desde una escritura eficaz y sin florituras, Simenon describe la sociedad de su época y se interesa por la vida de la gente humilde, así como por los entresijos de la política, la delincuencia, etc.

Es un gran viajero de curiosidad insaciable y posee una capacidad de trabajo fuera de lo común, gracias a la que es capaz de llegar a escribir una novela en once días de trabajo continuo. Su entrada en la prestigiosa colección literaria francesa Bibliothèque de la Pléiade acredita la importancia de su obra.

EL PERRO CANELO

UNA DE LAS PRIMERAS APARICIONES DEL CÉLEBRE MAIGRET

- **Género:** novela policíaca
- **Edición de referencia:** Simenon, Georges. 2012. *El perro canelo*. Traducido por Caridad Martínez. Barcelona: Acantilado
- **Primera edición:** 1931
- **Temáticas:** investigación, suspense, asesinato, venganza, miedo, contrabando

El perro canelo, publicada en 1931, es una de las primeras novelas en las que aparece el comisario Maigret. Además, el personaje aún no tiene mujer, por ejemplo, pero ya va ataviado con su famosa pipa y, sobre todo, sus métodos para resolver los casos ya resultan atípicos.

En la pequeña ciudad de Concarneau tienen lugar los crímenes que el comisario resuelve mientras se implica en el destino de personajes humildes a los que guarda bajo su protección. Para Simenon, es la oportunidad de hacer un retrato sin concesión de la burguesía provincial, pero también de actualizar la manera en que se propagan los rumores en una opinión pública manipulada por la prensa.

RESUMEN

COMIENZO DE UNA NUEVA INVESTIGACIÓN

Todo comienza en Concarneau, el 7 de noviembre, a las 23 h. Al salir del Hôtel de l'Amiral, monsieur Mostaguen se refugia en el porche de una casa abandonada para encenderse un cigarro. Entonces, de repente, un tiro que alguien escondido en esa misma casa ha disparado acaba con su vida. Un perro canelo salido de la nada se instala en el café de l'Amiral.

El comisario Maigret llega al día siguiente y se encuentra con Jean Servières, Le Pommeret y el doctor Michoux, que pasaron la noche con Mostaguen. Aunque los tres hombres se disponen a beber su tradicional pernod, Michoux se lo impide: contiene polvo blanco. Los análisis muestran que se trata de estricnina, un potente veneno. Michoux decide quedarse a dormir en el hotel y Maigret interroga a Emma, la camarera y amante ocasional de Michoux. Parece conmocionada.

Al día siguiente, Maigret comprueba que el perro canelo ha desaparecido: según parece, alguien lo ha visto en el jardín de los Michoux, que se niega a ir a echar un vistazo. En el domicilio de este último, Maigret encuentra huellas humanas y caninas. Además, alguien ha utilizado la cocina.

En el hotel, se entera de la desaparición de Servières, cuyo coche es encontrado cerca del río tiempo después, con manchas de sangre en el asiento. Asimismo, observa que el perro canelo ha vuelto y está acostado a los pies de Emma.

Michoux, aterrorizado, se encierra en su habitación. Maigret considera que Michoux, Servières y Le Pommeret son hombres mediocres que intentan salvar las apariencias.

Los acontecimientos dan lugar a un artículo sensacionalista en *Le Phare de Brest* que afirma que un peligroso vagabundo de los alrededores sería el culpable del asesinato. No obstante, es anónimo.

Al final de la tarde, en la vieja ciudad, el perro canelo recibe un disparo: Maigret llama hace llamar a un veterinario para que lo cure, pero despés el animal vuelve a desaparecer. Rápidamente, los periodistas asaltan el hotel. Se produce un nuevo giro en la situación cuando Le Pommeret, que había estado tomando el aperitivo en el hotel, es encontrado muerto en su casa, envenenado con estricnina. Ahora bien, no se encuentra ni rastro de veneno en la vajilla analizada.

En consecuencia, el alcalde exige una detención: Maigret emite una orden de arresto contra Michoux. El comisario, que comprende que el doctor será la próxima víctima, precisa al agente que vigila la celda que no deje entrar a nadie. Dos gendarmes detienen también a un vagabundo, pero este logra escapar. El comisario no da ninguna importancia a esta detención. Acompañado de dos gendarmes, se dirige a la punta de Le Cabélou, donde encuentra restos de comida que demuestran que el vagabundo vive ahí desde hace una semana.

A las 23 h, Leroy se encuentra con Maigret en el tejado del hotel para observar la casa deshabitada, en la que duerme el vagabundo. Emma se reúne ahí con él: la pareja discute, después se abraza apasionadamente y se marcha.

Tiene lugar una nueva tentativa de asesinato, esta vez la víctima es un agente aduanero. Tras haber verificado que Michoux está sano y salvo, Maigret recibe un telegrama: aunque Leroy le había informado antes de que Servières se encontraba en Brest, acaba de ser detenido en París. De inmediato, el alcalde exige una entrevista con el comisario, que le demuestra que todos los clientes del café de l'Amiral pueden ser culpables, y después le interroga sobre Michoux. Se entera de que su madre y él planean reflotar sus finanzas llevando a cabo una operación inmobiliaria. Antes de irse, Maigret anuncia que, al día siguiente, el caso estará resuelto.

RESOLUCIÓN DEL ENIGMA

Maigret y Leroy inspeccionan la habitación de Emma y encuentran la carta de un tal Léon: este le escribe que se ha comprado un barco, La Belle-Emma, y que pronto podrá casarse con ella. A continuación, se encargan de la habitación que ocupaba Michoux. Maigret descifra un mensaje que se redactó en ese mismo cuarto: en él, Emma se da cita con el vagabundo en la casa abandonada.

Maigret convoca en la comisaría al alcalde, a madame Michoux, a Servières, así como a Emma y a su vagabundo. Michoux está muy alterado, pero el comisario lo calma: «Dentro de unos instantes, tendremos seguramente al asesino entre estas cuatro paredes» (Simenon 2012, cap. 9).

A continuación, interroga a las personas convocadas a fin de saber qué le ocurrió, cinco o seis años antes, al barco llamado La Belle-Emma. Según el alcalde, fue inspeccionado en Nueva York y descubrieron que llevaba un cargamento de cocaína.

El comisario se dirige hacia el vagabundo, que no es otro que el Léon de la carta de Emma, y le pregunta su versión de los hechos.

Por aquel entonces, Michoux, Servières, Le Pommeret y un estadounidense le habían propuesto hacer contrabando. Una vez en Estados Unidos, Léon fue arrestado y después encarcelado en Sing-Sing, donde, por casualidad, se encontró con el estadounidense. Este le informó de que La Belle-Emma había sido vendida por los tres notables, que querían cobrar la recompensa prometida por la denuncia de contrabando, y lo liberó.

Una vez libre y con un perro canelo criado a bordo como único amigo, juró vengarse haciendo que los tres hombres sufrieran el horror de la prisión.

Tras haber vuelto a ver a Léon ⸺que se presentó ante Michoux con la esperanza de que este, aterrorizado, le disparara y lo arrestaran⸺, Michoux, efectivamente, tuvo tanto miedo que quiso eliminarlo. Entonces, le pidió a Emma que escribiera una carta, sin que pusiera a quién iba dirigida, para quedar con Léon en la casa abandonada. Pero este desconfió y Mostaguen fue asesinado en su lugar.

Al llegar al día siguiente, Maigret se dio cuenta de que los tres hombres esperaban una tragedia y envenenó el pernod para observar sus reacciones. Entonces, Servières, asustado, escenificó su agresión para que lo creyeran muerto, tras haber escrito el artículo de *Le Phare de Brest* con el objetivo de que los ciudadanos vieran como sospechoso a Léon. Por su parte, Michoux, que tenía la sensación de que Le Pommeret estaba a punto de rendirse, decidió envenenarlo.

Cuando Léon fue a recuperar al perro canelo, que estaba muerto, la policía lo detuvo, pero él huyó. Maigret metió a Michoux en prisión para protegerlo e impedir que hiciera daño. Pero su madre disparó al primero que pasaba para que ya no se pudiera sospechar de su hijo encarcelado. Entretanto, Léon aún permanecía en el lugar: no quería que Michoux se le escapara. Pero cuando Emma lo vio, se reunió con ella y la convenció de que, si huían, podrían empezar una nueva vida juntos.

Entonces, Michoux y su madre son arrestados: el primero será condenado a veinte años de trabajos forzados y su madre a tres meses de prisión. En cuanto a Servières, será perseguido por desacato judicial. Emma y Léon, declarados inocentes, se van a vivir a El Havre, con el dinero que les ha dado Maigret.

ESTUDIO DE LOS PERSONAJES

LOS INVESTIGADORES

Maigret

Maigret, el famoso comisario, ya tiene experiencia cuando lleva esta investigación. Se encuentra en Concarneau porque «[h]acía un mes que le habían incorporado a la Brigada Móvil de Rennes, en la que había que reorganizar algunos servicios» (Simenon 2012, cap. 1). Como de costumbre, Simenon no describe mucho al personaje: solo sabemos que es imponente, bajo y fornido («[s]entado en su sillita, su enorme mole era la imagen misma de la placidez», Simenon 2012, cap. 6), y que fuma en pipa todo el tiempo. Lo que le hace especial es su comportamiento: el narrador observa lo «desconcertante [que es] [...] verle mirándote fijamente con los ojos muy abiertos, a la frente, como si no te viera, y oírle luego mascullar algo ininteligible mientras se alej[a], con aire de no reparar en ti» (Simenon 2012, cap. 4). Su impasibilidad destaca especialmente en presencia de quienes pierden el control de sí mismos. Frente a un Michoux aterrorizado, Maigret aparece como «la antítesis [...] de la agitación, de la fiebre, de la enfermedad, [...] de aquel pavor morboso y repugnante» (Simenon 2012, cap. 6). Este comportamiento impávido aparece también en el método del comisario, que, en contraste con su joven inspector, afirma no dar nunca nada por sentado, no creerse nunca nada, sino atenerse a los hechos. Maigret manifiesta ante el maravillado joven que «por lo que hace a este caso, [...] [su] método ha sido precisamente no tenerlo » (Simenon 2012, cap. 9).

Leroy

Leroy es un joven «un inspector con quien [Maigret] no había trabajado hasta entonces» (Simenon 2012, cap. 1): acaba de salir de la academia de policía. Tiene veinticinco años y «parec[e] más un joven bien educado que un inspector de policía» (Simenon 2012, cap. 2). Maigret considera con una indulgencia irónica su inexperiencia e ingenuidad. No obstante, es una persona concienzuda y con buena voluntad en quien el comisario confiará cada vez más.

LOS PERSONAJES HUMILDES

Emma

Emma es la camarera del café de l'Amiral, lleva una falda negra, un delantal blanco y una cofia bretona. Con su «rostro alargado y con ojeras, de labios finos, y su pelo mal arreglado, con la cofia bretona que se le lade[a] continuamente hacia la izquierda» (Simenon 2012, cap. 1), se gana la simpatía de Maigret desde el primer momento. Aunque tiene un rostro «sin gracia», es «tan interesante que [...] [Maigret] no dej[a] de observarlo» (Simenon 2012, cap. 1). A continuación, el narrador detalla esta imagen contrastada: «Parecía anémica. Su pecho plano no era precisamente lo más apto para despertar el deseo. Y sin embargo resultaba atractiva, había en ella algo turbio, enfermizo» (Simenon 2012, cap. 2). Además, Maigret y Leroy se dan cuenta, tras su abrazo con Léon, de que «¡e[s] guapa!»: «Todo en ella era conmovedor, incluso el talle liso, la falda negra, los párpados enrojecidos» (Simenon 2012, cap. 7).

Discreta y poco habladora, parece abrumada por una vida dura que la obliga a ser la amante ocasional de Michoux y de Le Pommeret, sin encontrar en ello ni placer ni esperanza. Ignora en qué se ha convertido Léon, de quien antaño estuvo enamorada. Al observarla detenidamente, Maigret advierte que «[hay] en ella una humildad exagerada»: «bajo aquellas apariencias apuntaba una especie de orgullo que ella se esforzaba por no dejar traslucir» (Simenon 2012, cap. 2). De hecho, ella es quien intenta envenenar a los notables cuando se da cuenta de que Michoux quiso engañar a Léon y también quien logra convencer a este último de cambiar de intención.

Léon Le Guérec

Léon Le Guérec es el famoso vagabundo al que persiguen los gendarmes y los notables de Concarneau. Lo que lo caracteriza es su aspecto físico fuera de lo común. En varias ocasiones se dice que es un «coloso», tiene unas manos enormes. Asimismo, el comisario lo llama cariñosamente «mi oso» o «[e]l hombre de los pies grandes» (Simenon 2012, cap. 6), tras haberle visto «la cabeza hundida entre los hombros, el torso moldeado por un jersey que resalt[a] los pectorales, el pelo al rape como un presidiario» (Simenon 2012, cap. 7). Esta última comparación deja entrever el pasado complicado de Léon, al igual que sus «dos dientes rotos en mitad de la boca» (Simenon 2012, cap. 5) y los tatuajes que lleva en las manos: «un ancla, en la mano izquierda, con las letras SS a ambos lados» (Simenon 2012, cap. 5), es decir, el recuerdo de su desafortunada estancia en la prisión estadounidense de Sing-Sing. El final de la novela descubre un hombre con aspiraciones sencillas (un barco, una mujer) que se ve engañado con las deshonestas martingalas de los notables de Concarneau. Demasiado simple como para poder poner en marcha una venganza elaborada, está dispuesto a morir, hasta que Emma le hace comprender que la vida con la que sueñan aún es posible. Pero ninguno habría tenido los medios para ser feliz sin la ayuda de Maigret.

El perro canelo

El perro canelo aparece en el momento del primer crimen sin «que nadie [sepa] de dónde ha salido» (Simenon 2012, cap. 1). «[D]e patas largas, muy flaco» (Simenon 2012, cap. 1), se le describe como «un canelo grande y arisco» (Simenon 2012, cap. 1). El animal enseguida es visto como el mensajero o el cómplice de los delitos, y sus apariciones o desapariciones causan congoja, hasta el punto de que un zapatero, cegado por la histeria colectiva, le dispara. Se trata la única compañía de Léon, desde que dejó Concarneau para irse a Estados Unidos: «Un animal que cri[ó] a bordo, que [lo] salvó de la desesperación, y que allí [en Sing-Sing] [...] dejaron vivir en el penal...» (Simenon 2012, cap. 10). El animal, herido por el disparo, no sobrevivirá, así que Léon lo recuperará subrepticiamente para enterrarlo en Le Cabélou.

LOS NOTABLES

El alcalde

El alcalde es «un viejo con perilla blanca, muy atildado, de ademanes secos» (Simenon 2012, cap. 4), que viste con ropa distinguida. Está unido al resto de notables por «relaciones [...] de buena vecindad» (Simenon 2012, cap. 9), nació en el seno de una antigua familia de Concarneau que poseía la mayor parte de las tierras de la región. Su modo de vida y la elegancia de su suntuosa mansión dan fe de la antigüedad del estilo y del dinero en su linaje. Personaje autoritario, recurre a Maigret para resolver este caso y se muestra impaciente, incluso amenazante, cuando el comisario tarda en detener al culpable. No obstante, sabrá jugar limpio y, finalmente, respetar las capacidades de Maigret.

Ernest Michoux y su madre

Ernest Michoux y su madre forman una pareja maléfica.

La anciana no aparece hasta el final de la novela, «con un vestido color malva, con todas sus joyas, empolvada y con los labios pintados» (Simenon 2012, cap. 10). Su perfume, «un olor dulzón a violetas» (Simenon 2012, cap. 10), da dolor de cabeza. Estos detalles desagradables se corresponden con un personaje gruñón, que trata de intimidar a todo el mundo haciendo referencia a sus contactos (su difunto marido era diputado). Las últimas líneas de *El perro canelo* la muestran tramando algo en los ambientes políticos para obtener la revisión del proceso de su hijo.

En cuanto a Michoux, es el personaje clave de la novela. A pesar de haber estudiado la carrera de Medicina, «de médico sólo tiene el título, porque nunca ha ejercido» (Simenon 2012, cap. 1). Fracasado, abandonado por su mujer a causa de su falta de ambición, es un hombre licencioso que vive por encima de sus posibilidades. Tiene tendencia a enfermar —dice que le duele un riñón y que el otro le fue extirpado hace mucho tiempo— y un aspecto físico bastante repulsivo con su «cuello de gallito flaco, en el que sobresal[e] una nuez amarillenta» (Simenon 2012, cap. 11). No tarda en sentirse paralizado por el miedo que le inspira Léon y comienza a deambular por el Hôtel de l'Amiral «blanco como la pared, con los rasgos en tensión, las aletas de la nariz tiesas y los labios sin color» (Simenon 2012, cap. 10). Sin embargo, esta cobardía de la que se queja a Maigret también es una astucia para intentar aprovecharse del comisario acreditando la idea de que es inofensivo. Esta falta de valentía también le permite disimular su egoísmo y su determinación para proteger sus intereses cueste lo que cueste, aunque tenga que traicionar (a Léon) y matar (a Le Pommeret). Durante su proceso, está «cada vez más delgado, más amarillento, más escuchimizado, pero no cej[a]» (Simenon 2012, cap. 11) y utiliza varios recursos para demorar las cosas. Su última imagen, cuando se marcha a Cayenne, lo muestra «cada vez más flaco y amarillento, con la nariz de través y el petate al hombro» (Simenon 2012, cap. 11).

Yves Le Pommeret

Yves Le Pommeret es el único al que las acciones de Michoux consiguen matar. «[P]or el aspecto y la voz enseguida se le nota que es uno de los notables de la ciudad» (Simenon 2012, cap. 1): «Tenía un buen bigote entrecano, el pelo bien atusado, una tez clara y las mejillas veteadas de cuperosis» (Simenon 2012, cap. 1). Servières lo presenta como un «mujeriego impenitente, de profesión rentista, y vicecónsul de Dinamarca» (*ib.*). No tiene muy buena reputación en la región, ya que se aprovecha de su condición de noble para pervertir a jóvenes obreras. Pero lo más destacable durante la investigación es que este hombre vive muy por encima de sus posibilidades: «vago» según su hermano (Simenon 2012, cap. 6), tiene «la manía de contraer deudas y hacerse el gran señor...» (*ib.*); de ahí su imperiosa necesidad de conseguir dinero.

Jean Servières

Jean Servières es un seudónimo dado a Jean Goyard. De los tres notables, es el menos culpable, aunque sea, como los demás, un perdedor que vive por encima de sus posibilidades y, cuando tiene ocasión, un hombre licencioso. Es un «personajillo regordete» (Simenon 2012, cap. 1), redactor de *Le Phare de Brest.* Se presenta como un parisino que se fue a Concarneau para disfrutar de su jubilación, pero Maigret descubre que se escondió ahí porque tenía problemas en la capital. La reaparición de Léon le asusta hasta el punto de que decide hacerse el muerto, tras haber escrito un artículo sensacionalista: conoce el poder que ejercen los periódicos sobre la opinión pública y espera que los habitantes de Concarneau, presas del pánico, persigan al vagabundo.

CLAVES DE LECTURA

UNA NOVELA CON FOCALIZACIÓN EXTERNA

Como para adaptarse al credo de Maigret, que dice que nunca se cree nada y que se atiene a los hechos, la narración evita casi todo el tiempo cualquier incursión en el punto de vista de los personajes. El narrador, externo, transcribe hechos, palabras y atmósferas, pero no recoge los pensamientos de los protagonistas ni se muestra omnisciente. Así, el lector se encuentra prácticamente en la posición del comisario y ha de conformarse con los hechos. De esta manera, se ve sumergido en una especie de laberinto de indicios que a duras penas puede conectar, lo que mantiene el suspense hasta el final.

No obstante, el relato no conserva este modo de proceder todo el tiempo, ya que, por momentos, el narrador adopta el punto de vista de Maigret. Por ejemplo, sabemos lo que piensa cuando descubrimos estricnina en el pernod del café de l'Amiral: «[s]e dio perfecta cuenta de que el doctor le observaba mientras bebía, como para adivinar síntomas de envenenamiento» (Simenon 2012, cap. 2). Más sutilmente, a veces encontramos en las descripciones del narrador caracterizaciones por parte de Maigret. Así, el comisario llama a Léon «[su] oso» (Simenon 2012, cap. 6), antes de que el narrador se apropie de este apodo cuando, al describir a Léon con Emma, afirma que «era un oso» (Simenon 2012, cap. 7). Este método da profundidad, consistencia al protagonista principal, sin recurrir al discurso interior, a las reflexiones pesadas o a los análisis psicológicos.

UNA PEQUEÑA CIUDAD DE PROVINCIA CON UNA SOCIEDAD MUY JERARQUIZADA

Concarneau, casi aislada del mundo por la tempestad, aparece como un microcosmos un poco asfixiante, «un sitio [...] donde todo el mundo se conoce» (Simenon 2012, cap. 2) y donde la gente se observa constantemente. El día después de su llegada, Maigret el extranjero «se [da] cuenta, por las miradas que le dirig[en], de que todos le conoc[en] ya» (Simenon 2012, cap. 3).

Pero lo más destacable es la estrictísima jerarquización de los ciudadanos: la gente humilde, considerada insignificante, es despreciada, incluso manipulada descaradamente por los notables. Como respuesta, la gente humilde no siente mucho aprecio por ellos y se alegra de sus males, por no enfrentarse a ellos directamente. Ante los asesinatos dirigidos a los notables, «[l]a gente del pueblo, los obreros, los pescadores, no se alteran demasiado... Y hasta casi se alegran de lo que pasa...» (Simenon 2012, cap. 5). Sucede que los notables les hacen sentir permanente la superioridad que creen tener sobre ellos: «En verano, con sus amigos de París, [...] [s]iempre andaban bebiendo, metiendo ruido por la calle a las dos de la mañana, como si fueran los amos de la ciudad...» (*ib.*).

Esta jerarquía, que hace que el único contrato social sea el desprecio y la destrucción del fuerte hacia el débil, explica que algunos sean capaces de cualquier cosa para mantenerse en una posición superior, incluso cuando su economía ya no se lo permite. Los tres notables se encuentran en esta difícil situación, que intentan enmascarar con tráfico de cocaína, operaciones inmobiliarias de dudosa legalidad (Michoux y su madre) o incluso deudas y fanfarronería (Le Pommeret).

En *El perro canelo*, se podría ver una crítica al mundo de provincias, pero lo que Léon cuenta de Sing-Sing —«Había presos ricos que salían a pasear por la ciudad casi cada noche… ¡Y los demás les hacían de criados…!» (Simenon 2012, cap. 10)— sugiere que este tipo de funcionamiento no existe solo en las ciudades pequeñas de Francia, sino en toda la sociedad humana.

EL TEMA DEL MIEDO

Cuando se resuelve la trama, Maigret afirma que el miedo «es la base de todo este drama» (Simenon 2012, cap. 10). De hecho, tanto a nivel individual como colectivo, es el sentimiento mejor representado en *El perro canelo*. Pensamos en el personaje de Michoux, recluido en su habitación de hotel, que «[es] la viva estampa del pánico, la más digna de compasión, la más terrible» (Simenon 2012, cap. 9). Pero la población de Concarneau al completo está sometida a este sentimiento. El narrador multiplica las notaciones, lo que permite que el lector imagine un principio de psicosis colectiva, al observar, por ejemplo, tras la desaparición de Servières, que «[e]n menos de un cuarto de hora, las calles se vaciaron, y cuando resonaban algunos pasos eran los pasos precipitados de algún viandante ansioso por ponerse a resguardo en su casa» (Simenon 2012, cap. 3).

Una reflexión de Michoux —«¡Es fácil, para los fuertes,

despreciar a los cobardes! Pero habría que preocuparse por conocer las causas profundas de la cobardía...» (Simenon 2012, cap. 6) invita a plantearse preguntas. Por supuesto, el personaje pretende inducir a Maigret a error, pero también indica que lo que produce temor viene de algo que lo causa, dicho de otra forma, que hay quien puede provocar este sentimiento a propósito.

Los hombres poderosos lo utilizan, en las relaciones interpersonales, para forzar a los otros a la obediencia. El alcalde lo intenta con Maigret cuando trata de intimidarlo para que acelere su investigación. Pero el uso del miedo puede ser aún más retorcido. Al final de la novela, el comisario revela que este sentimiento, del que Michoux finge ser víctima, casi le permite, tanto a él como a sus cómplices, deshacerse del hombre que los aterrorizaba.

Partiendo del principio de que «[u]na población fuera de sí es capaz de todo» (Simenon 2012, cap. 11) y contando con que un ciudadano de Concarneau, aterrorizado, dispara a Léon, Michoux y Servières hacen cualquier cosa para instaurar en la ciudad un ambiente propicio para el asesinato. Aquí, Simenon denuncia el poder deletéreo de la prensa, que con el pretexto de dar información, manipula la opinión pública. En el artículo que Servières redacta para *Le Phare de Brest*, «[c]ada una de las frases está calculada para sembrar el terror en Concarneau...» (*ib.*). El efecto es inmediato y las cosas se van magnificando de forma natural con la llegada de los periodistas parisinos. Preocupados por vender, los redactores acreditan, sin una sola prueba, la idea de que una amenaza pesa sobre la ciudad. Simenon disfruta redactando artículos al modo de la prensa sensacionalista para mostrar que esta juega con los sentimientos, en detrimento de los hechos y la verdad.

PISTAS PARA LA REFLEXIÓN

ALGUNAS PREGUNTAS PARA PROFUNDIZAR EN SU REFLEXIÓN...

- Estudie el marco de la trama, tanto los lugares como el ambiente y la atmósfera. ¿Cómo favorece el suspense?
- Estudie la temporalidad del relato (su duración, pero también su cronología). ¿Qué efectos produce?
- Observe el método de Maigret. ¿En qué se apoya para llevar a cabo su investigación? ¿Qué elementos deja de lado? ¿A qué elementos da más importancia?
- Durante su conversación con Maigret, Michoux declara lo siguiente: «¡Es fácil, para los fuertes, despreciar a los cobardes! Pero habría que preocuparse por conocer las causas profundas de la cobardía...» (Simenon 2012, cap. 6). ¿Cómo entiende usted esta frase en la lectura de *El perro canelo*?
- Examine el papel de los medios de comunicación, especialmente el de la prensa, en esta investigación. ¿Cómo puede resultar peligroso el uso que los periodistas hacen de cierta información sobre la investigación en curso?'
- ¿Piensa usted que actualmente los medios de comunicación siguen manipulando la opinión pública jugando con sus miedos? Justifique su respuesta.
- Estudie la escena clásica del enfrentamiento final y de la revelación del culpable. ¿Cuáles son los elementos tradicionales en ella?
- En *El perro canelo*, ¿en qué aspecto Simenon se muestra severo con la burguesía? ¿Cree usted que es más transigente con la gente humilde? Justifique su respuesta.

¡Su opinión nos interesa!
¡Deje un comentario en la página web de su librería en línea,
y comparta sus favoritos en las redes sociales!

PARA IR MÁS ALLÁ

EDICIÓN DE REFERENCIA

- Simenon, Georges. 2012. *El perro canelo*. Traducido por Caridad Martínez. Barcelona: Acantilado.